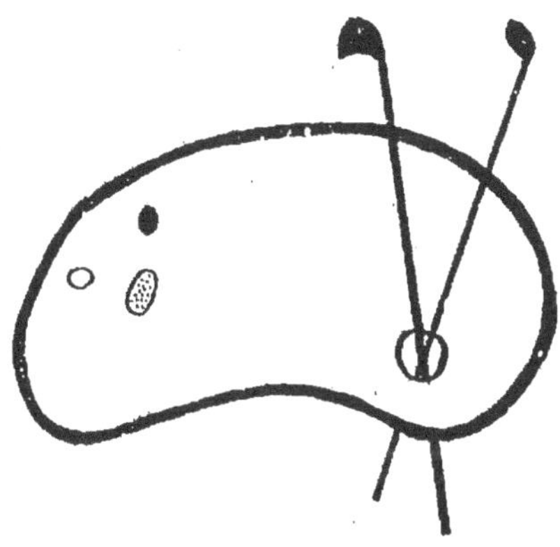

ORIGINAL EN COULEUR
NF Z 43-120-8

VALABLE POUR TOUT OU PARTIE DU
DOCUMENT REPRODUIT

NOTICE

D'ESTAMPES

ENCADRÉES & EN FEUILLES

Gravures, Lithographies & Photographies

DESSINS, ÉTUDES PEINTES

DONT LA VENTE AURA LIEU

Par suite du décés du Général AUVRAY

HOTEL DES COMMISSAIRES-PRISEURS

Rue Drouot, 5

Salle n° 4, au 1er étage.

Le Jeudi 4 Juin 1857, à une heure.

Par le ministère de M⁰ **DELBERGUE-CORMONT**, Commissaire-
Priseur, rue de Provence, 8.
Assisté de **M. VIGNÈRES**, marchand d'Estampes,
rue de la Monnaie, 13, à l'entresol, entrée rue Baillet, 1,
Chez lequel se distribue le Catalogue.

EXPOSITION PUBLIQUE

Le Mercredi 3 Juin 1857, de une heure à 4 heures.

PARIS

MAULDE & RENOU

IMPRIMEURS DE LA COMPAGNIE DES COMMISSAIRES-PRISEURS
Rue de Rivoli, 144.

1857.

CONDITIONS DE LA VENTE

Elle sera faite au comptant.

Les acquéreurs payeront, en sus des adjudications, 5 pour 100 applicables aux frais.

5

00
50

50

DÉSIGNATION

DES ESTAMPES

ESTAMPES ENCADRÉES

1 **Dupont** (Henriquel). L'Hémicycle du palais des Beaux-Arts, d'ap. P. Delaroche, richement encadré.   *230.*

2 **Louis** (Aristide). Portrait de Napoléon, d'ap. P. Delaroche, encadré.   *10*

3 **Coqueret**. Junius Brutus, d'ap. Lethière, richement encadré.   *31*

4 **Bridoux**. La Vierge aux candelabres, encadrée.

5 **Morghen** (R.). La Vierge à la chaise, d'après Raphaël, encadrée.   *} 40*

Dessin encadré   *1*

2 Cadres anciens   *4 75*

ESTAMPES EN FEUILLES

6 bis antiques. volume   *2 00*

6 **Antiques.** Bas-reliefs et fragments de sculptures grecque et romaine.   *2 50*

Loizelet 7 **Audran** (B.). Frère Blaise, feuillant, d'ap. de Troy, belle ép. d'une pièce rare.   *3 50*

8 **Audran** (G.). Martyre de St. Laurent et de Ste Agnès, 2 belles pièces.

9 — d'ap. Mignard. La peste d'Eaque.

10 — Le Christ portant sa croix.

11 — St. Paul à Lystre. — Mort d'Ananie, 2 p. d'ap. Raphaël.

12 — Martyre de St. Protais, d'après Le Sueur.

13 **Bartoli** (P. S.). Adoration des mages, d'après Raphaël, très-grande p. en 3 feuilles.

14 **Bourdon** (S.). OEuvres de Miséricorde, 6 p.

15 **Brunot**. Études anatomiques du cheval, 16 planches en couleur et 3 tables.

16 **Calame**. Paysages lithog., 17 p.

17 **Carrache** (d'ap.). Galerie Farnèse, Le Blond exc., 40 pl.

18 — Sujets de plafonds dessinés par Tortebat, 14 p.

19 **Chapron**. Les Loges du Vatican, d'après Raphaël, 52 p. Superbe exemplaire avant l'adresse de Mariette.

20 **Charlet**. L'Aumône. — Les Pénibles adieux, 2 p. anciennes, très-belles et rares.

21 — Album 1828, 12 p.

22 **Cooke** (W.). Vues du vieux et du nouveau pont de Londres, 8 p. en 2 livraisons.

23 — Vues de la Tamise, 75 pl. carton.

24 — Fifty plates of shipping and craft carton, 50 chaloupes, vaisseaux, bateaux, etc.

25 **Desnoyers**. Éliézer et Rébecca, d'ap. N. Poussin.

26 **Dien**. Les Sibyles, d'après Raphaël, très-belle ép. avant la lettre.

27 **École italienne**. D'ap. Raphaël et autres. 5 p.

28 **Flaxman** (d'ap.). L'Illiade, par Nitot Dufresne.

A. 91

23	Etudes d'Animaux		1	50
10	Paysages Salneuve		1	
70	Vignettes et Paysages		3	25
40	Paysages		1	
8	Ecole française		1	50
12	Ecole Italienne		3	
42	pièces	Vignon	3	
9	portraits	Vignon	2	25
1	Lasueur	Vignon	2	
2	Cartes			
8	portefeuilles		1	
4	portefeuilles	Vignon	1	50
8	portefeuilles		7	
1	portefeuille		12	
9	planches		3	
1	pliant à portefeuille	Vignon	3	50
1	Chevalet à portefeuille		7	50
	règle d'acier	Vignon	6	
4	Gouaches Scene du Tournoi S Pour		10	
7	Cartes avec rouleau			
2	Dessins de Portes Gravures			

Vig

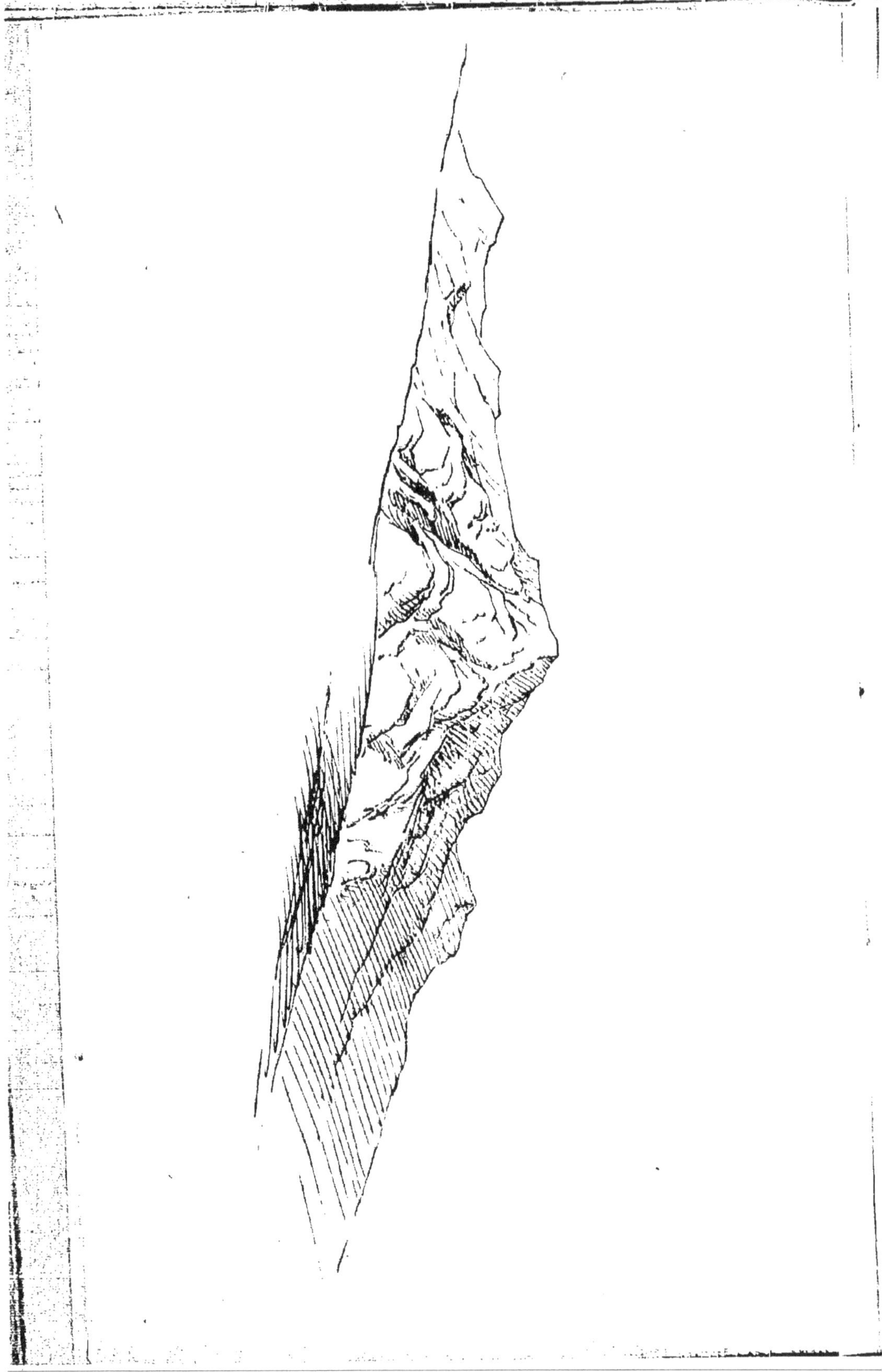

tableaux

Napoléon III Buste Léon Noel   5
Pèlerine p. François, Delaroche   12 50
Mignon d'ap. Francoui Scheffer   15 50
Napoléon III Cornillet   9
Napoléon I François, Delaroche   31
Christ et S. Pierre Ingres Pradier   26
Persigny Dessin   6
Eugénie ovale   24
Enfans d'Hamilton Rosa Loudraix   9 50
le mauvais Sujet Jayet   8
Combat rompu Scheffer   17
Noces de Cana Prévost   122
5 Cadres et Sous verres   5 50
5 Portraits Peints   1 75
2 fête et Paysage   1
Napoléon III. a la revue   15
1 garçon et chèvre   6
1 Ténier buveurs   12
1 Scène Historique goût de Fragonard   10
1 Darcy Pêcheurs   12
1 Berther 1853 nature morte   19
1 Sujet gracieux   9

29 **Géricault.** Various subjects drawn from life and on stone by, Arabian horse. — Entrance to the adelphi warf. — The coal waggon. — The piper — a Paralytic woman, 5 p. et titre ; pourra être divisé. Très-belles 6p., très-rares.   *34 . 36*

30 — Études de chevaux, 1822, 12 p.   *10 . 50.*

31 — Quatre sujets divers, 1823. Paris, Mme Hulin.   *9*

32 — Croquis lithog. 1823, 10 p.   *8 50*

33 — Études au lavis. Le Giaour. Cheval mort, 4 p.   *3 50*

34 — Grandes pièces et tête de chien, 4 p.   *5 50*

35 — (Volmar d'après). Chevaux, 1823, 4 p.   *2 50*

36 **Ghisi.** (Georges Mantuan). Les angles de la chapelle Sixtine, 6 p., anciennes ép.   *21*

37 **Girard.** Portrait de M. Delécluse.   *1 50 Vig*

38 **Guaspre Poussin** (d'ap). Paysages par Châtelain, Mason, Woollett, 17 p.   *8*

39 **Haghe** (L.). Robert's Sketches in the Holy Land, (Syrie, Arabie, Égypte, etc.). Lithog., 20 cahiers ; avec introduction à l'histoire des Juifs.   *112*

40 — Scenery of Portugal et Spain, 1839, d'ap. G. Vivian, 32 p. lithog. avec ton, dans un portefeuille.   *19*

41 **Harding.** Drawing Book. 1832. Paysages, 6 cahiers.

42 — Drawing Book. 1834. Paysages, 6 cahiers.

43 **Hubert** et autres paysages lith., environ 20 p.   *8*

44 **Merian** (Caspar). Topographia Galliæ. 1660. 4 parties en 2 vol. d.-rel.

45 **Morel.** Le jugement de Salomon, d'ap. N. Poussin.   *6*

46 **Ozanne** et Beaujean. Sujets de marines dans deux portefeuilles.   *6*

47 **Photographie,** d'ap. les estampes de Marc-Antoine Raimondi. 4 livraisons. 47 p.   *39*

48 — Le Calvaire, d'ap. Justin p. Billordeau.   *1 25*

49 **Piranesi**. Vues de Rome. 7 p.

50 — Le Vatican, 2 très-grandes pièces.

51 **Plans de Paris** pour le Traité de la police, 8 p. Delagrive, 1724-1741 ; 4 p., vues de l'Hôtel-de-Ville, par Frosme, etc. 3 p.
En tout, 15 p. dans 1 vol. rel. en veau.

52 — Cavalier de Mathieu Merian, en 2 feuilles.

53 — Tel qu'il était sous Charles IX, d'ap. la tapisserie de l'Hôtel-de-Ville.

54 — de Jaillot, 1710, en 12 feuilles avec marges.

55 — 1738-1765-1790-1792-1804 an XIII. — Etc. 8 pl.

56 **Poussin** (d'ap. N.). Le Maître d'école renvoyé.

57 — La Femme adultère.

58 — Moïse exposé, et autres réductions des grandes compositions, 8 p.

59 — Aaron changeant les verges en serpent.

60 — BAUDET. Paysages, 4 p.

61 — Paysages divers, d'ap. lui, 6 p.

62 — BOUILLARD. Moïse foulant aux pieds la couronne de Pharaon.

63 — CHATEAU. Enfance de Jupiter.

64 — CHAUVEAU. L'aveugle de Jéricho.

65 — PESNE. Assomption de la Vierge.

66 — Ravissement de saint Paul.

67 — Mort de Saphire.

68 — Testament d'Eudamidas.

69 — Les Sacrements. 7 p. avant l'adresse d'Audran.

70 — Sainte-Famille aux enfants.

70 bis. — ROUSSELET. Éliézer et Rebecca. Belle ép.

71 — STELLA. La Passion. 5 p.

72 — Moïse exposé sur les eaux, très-grandes pièces, en 2 feuilles.

73 — STRANGE. Jugement d'Hercule.

74 **Raphael** (d'ap.) et Michel-Ange, 2 candelabres. 5

75 **Rugendas**. La forêt du Brésil, grande et belle lith. 1 25

76 **Stubbs**. Anatomy du cheval. 23 pl. et texte. 7

77 **Swanevelt** (H.). Paysages, 13 p. 1

78 **Vernet** (C.). Album, 1821. 6 p. 2 50

79 — Études de chevaux, imp. d'Engelman, rue Cassette, 10 p. 2

80 — Grandes études de chevaux, imp. Delpech. 25 p., dont plusieurs rares. 8

81 — Sujets de courses, chasses, par Darcis, etc. 44 p. 8

82 **Vernet** (H.). Chasses lithog., 4 p. 2

83 **Vues** de Sébastopol. — Isthme de Suez. — Panorama d'Alger, etc. 1 50

84 — Campagnes d'Italie. 16 p. 1 75

85 **Albums** blancs et avec dessins, environ 15.

86 **Dessins**. Croquis divers. Seront divisés.

87 **Etudes peintes**. Paysages, environ 20 p. 1

88   Sous ce numéro, seront vendues nombre d'estampes que le temps n'a pas permis de cataloguer.

Maulde et Renou, imprimeurs de la Compagnie des Commis.-Priseurs, rue de Rivoli, 144.   3117

www.ingramcontent.com/pod-product-compliance
Lightning Source LLC
Chambersburg PA
CBHW061223050726
47594CB00008B/3780